Theo Schwartz
lebt als Autor, Redakteur und Übersetzer mit seiner Familie in der Nähe von München. Nach seinem Studium arbeitete er bei verschiedenen Kinder- und Jugendbuchverlagen und betreut bei SchneiderBuch mehrere Buchserien, darunter „Bibi Blocksberg“ und „Bibi und Tina“.

Theo Schwartz

Bibi & Tina®

Das Amulett der Gräfin

nach Nelly Sand

Schneider Buch
EGMONT

Redaktion KIDDINX Studios: Jutta Dahn
Lizenz durch KIDDINX Merchandising GmbH
Winterhuder Weg 29, 22085 Hamburg
www.bibiundtina.de

verlegt durch EGMONT Verlagsgesellschaften mbH,
Gertrudenstraße 30–36, 50667 Köln

Titelbild: KIDDINX Studios GmbH, Berlin
Illustrationen: Jutta Langer, S.L., Castelldefels
Druck und Bindung: Ebner und Spiegel, Ulm
ISBN 978-3-505-12565-2

0910/87654321

Inhalt

Bibi Blocksberg hat beim gemeinsamen Ausritt eine tolle Idee, was Tina in diesem Jahr ihrer Mutter zum Geburtstag schenken könnte.

Tina Martin ärgert sich über ihren Freund Alex und nennt ihn „braves Grafensöhnchen“. Ob er das auf sich sitzen lässt?

Alexander von Falkenstein ahnt, wem das Amulett gehört hat, das Bibi und Tina auf einer Wiese gefunden haben.

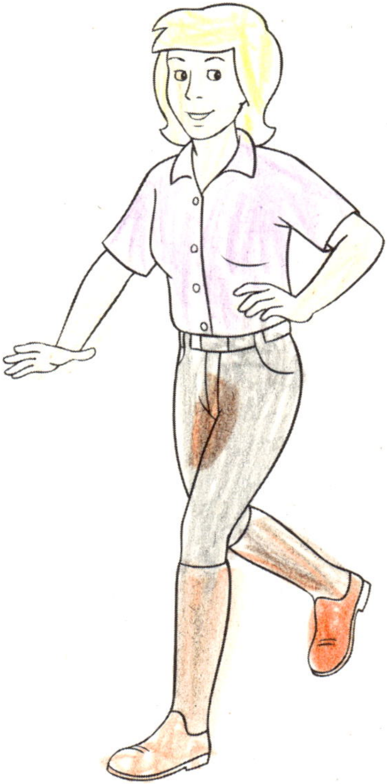

Frau Martin ist außer sich, als aus dem Stall plötzlich Rauch dringt. Droht der Martinshof abzubrennen?

Graf Falko sieht es gar nicht gern, wenn sich auf seiner Pferdekoppel zwielichtige Gestalten herumtreiben.

Wie alles anfing ...

Eine knappe Reitstunde von dem Dörfchen Falkenstein entfernt liegt der Martinshof. Frau Martin, die hier mit ihren Kindern Holger und Tina lebt, hat den Hof von dem Grafen Falko von Falkenstein gepachtet. Das Schloss des Grafen liegt zwischen hohen Tannen versteckt, vom Martinshof aus kann man seine Türme sehen.

Der Martinshof ist ein Reiterhof. Hier gibt der schon erwachsene Holger Stadtkindern Reitunterricht und kümmert sich um alle anfallenden Arbeiten. Er ist der „Mann fürs Grobe“, während seine Schwester Tina ihrer Mutter vor allem im Haushalt hilft und sich um die Pferde kümmert. Tina ist vierzehn Jahre alt und hat eine gute Freundin: Bibi Blocksberg, die kleine Hexe aus Neustadt.

Das Dorf Falkenstein ist von Neustadt aus mit dem Bummelzug zu erreichen, aber Bibi kommt lieber auf ihrem Hexenbesen Kartoffelbrei angereist. Eine Hexe hat schließlich auch ihren Stolz!

Jeden freien Tag, jede freie Woche verbringt Bibi auf dem Martinshof, und in den Ferien darf sie mit Erlaubnis ihrer Eltern auch schon mal länger bleiben. Barbara Blocksberg, die große Hexe, ist häufig auf Hexenkongressen zu Gast. Bernhard Blocksberg ist dann „Strohwitwer“ und macht es sich mit einem Krimi in seinem Lieblingssessel gemütlich. Bibis Eltern wissen, dass ihre pferdebegeisterte Tochter auf dem Martinshof gut aufgehoben ist. Für Bibi ist der Hof eine zweite Heimat geworden und jedes Mal vergießt sie beim Abschied bittere Tränen.

„Aber“, so tröstet Frau Martin sie immer, „wer nicht geht, kommt nicht wieder. Bis zum nächsten Mal, Bibi!“

Leider vergeht für Bibi die Zeit daheim viel zu langsam, aber auch eine kleine Hexe muss zur Schule gehen und das Jahr besteht nun mal nicht nur aus Ferien. Doch irgendwann ist es endlich wieder einmal so weit. Hei! Die Schultasche fliegt in die Ecke, Bibi packt eilig zusammen, was sie für den Aufenthalt auf dem Martinshof braucht, verkleinert ihr Gepäck kurzerhand mit einem Hexspruch und steigt dann auf Kartoffelbrei.

„Eene meene Faschingsschwof, düse ab zum Martinshof! Hex-hex!“, befiehlt sie ihrem Besen und ab geht die Post!

Ist das eine Freude, wenn die beiden Mädchen sich wieder sehen! Ihr erster Weg führt Bibi in den Pferdestall zur Box ihrer Lieblingsstute Sabrina. Im Nu hat sie Sabrina gesattelt, Tina macht den Hengst Amadeus zum Ausritt bereit und dann ist ein Wettreiten angesagt. *Ein* Wettreiten? Nein, bei einem belassen es die Mädchen nicht, mindestens dreimal am Tag galoppieren sie über Wiesen und Wege und schmettern dabei ihr Lied.

Sie haben es selbst komponiert und getextet und sind darauf mit Recht sehr stolz:

Hufe klappern, Pferde traben,
springen übern Wassergraben,
über Stock und über Stein,
wer kann das wohl sein?
Das sind Bibi und Tina
auf Amadeus und Sabrina!
Sie jagen im Wind,
sie reiten geschwind,
weil sie Freunde sind!
Weil sie Freunde sind!
Und ist der Graben mal zu breit,
für Bibi ist das keine Schwierigkeit!
Aufgesessen, lang die Zügel,
sattelfest den Fuß im Bügel,
über Felder, über Weiden,
jeder kennt die beiden!

Das Schmuckstück auf der Wiese

An diesem Morgen waren Bibi und Tina schon sehr zeitig auf den Beinen. Sie wollten nach Rotenbrunn zum Flohmarkt reiten und sich nach einem Geburtstagsgeschenk für Tinas Mutter umsehen. Dort gab es immer Stände mit tollen Angeboten. Aber wer etwas Besonderes ergattern wollte, musste natürlich früh aufstehen.

Zunächst ließen sie ihre Pferde gemütlich durch den Wald zwischen dem Martinshof und Falkenstein traben, doch als sie das freie Feld erreichten, fielen Amadeus und Sabrina in Galopp. Nun war ein Wettreiten angesagt, und wie so oft lagen die Pferde eine ganze Weile gleichauf.

„Schneller, Sabrina!“, feuerte Bibi ihre Stute an. „Die letzte Etappe gehört uns!“

Tina lachte. „Aber nur, wenn Amadeus in Tiefschlaf fällt!“

„So wie du, was?“, frotzelte Bibi.

„Na warte!“, rief Tina.

„Warte doch selbst!“, entgegnete Bibi. „Los, Endspurt, Sabrina!“

Tina gab ihrem Hengst Schenkeldruck. „Zeig, was du drauf hast, Amadeus!“

„Da vorne ist das Ziel, Sabrina!“, rief Bibi. „Die Abzweigung zum Gut Greifenau!“

„Gib alles, Amadeus!“, drängte Tina.

Sabrina schnaubte und wieherte und ließ Amadeus mit einem Satz hinter sich. Immer näher kamen sie an die Weggabelung heran, und schließlich …

„Zu spät, Tina!“, jauchzte Bibi, als sie und Sabrina das Straßenschild passierten. „Juhuu! Wir haben gewonnen!“

Sie parierte ihr Pferd durch, Tina tat das Gleiche. „Aber nur um eine Nasenlänge!“, wandte sie ein.

„Das reicht doch“, meinte Bibi lässig, und als ihre Stute laut wieherte, fügte sie kichernd hinzu: „Siehst du! Sabrina findet das auch. Früh aufstehen ist eben nicht für jeden was.“

„Heeh!“, meinte Tina mit gespielter Empörung. „Wer hat denn heute Morgen beinahe verschlafen?“

„Ich!“ Bibi lachte. „Aber das war vor einer Stunde. Jetzt bin ich hellwach.“

„Du kannst deinen Sieg aber nicht groß feiern“, erklärte Tina mit einem Blick zur Sonne, die immer höher stieg. „Wir sollten uns beeilen, der Flohmarkt wird bald eröffnet.“

„Dann lass uns querfeldein über die Wiese da drüben traben“, schlug Bibi vor. „Das geht schneller.“

„Wiese?“, sagte Tina. „Ich würde sagen: Acker! Da ist ja ein Maulwurfshügel neben dem anderen.“

„Es würde mich interessieren, wie viele Maulwürfe hier leben“, meinte Bibi, als sie zwischen den kleinen braunen Hügeln hindurchritten. „Bestimmt Hunderte.“

„Nein!“, lachte Tina. „Die Hügel hier schafft einer allein!“

„Meinst du wirklich?“

„Klar.“

„Warte, Tina!“, sagte Bibi plötzlich. „Sabrina, halt!“

„Was ist, Bibi?“

„Da vorne im Gras blitzt etwas in der Sonne.“

„Bestimmt ein Stück Glas“, winkte Tina ab und ritt weiter.

„Es blitzt aber blau“, beharrte Bibi.

„Es gibt auch blaues Glas.“

„Ich sehe mal nach.“ Bibi glitt aus dem Sattel und ging auf den blinkenden Gegenstand zu.

„Und? Was ist es?“, fragte Tina.

„Eine Kette“, antwortete Bibi. „Schade, sie ist zerrissen. Ein Anhänger hängt dran … Der ist aber ziemlich schmutzig.“

Nun stieg auch Tina ab und trat näher. „Wisch doch mal den Dreck ab“, schlug sie vor.

Bibi tat es, doch mehr als ein blauer Glasstein in der Mitte mit ein paar Steinen drum herum war nicht zu erkennen.

„Das ist bestimmt Modeschmuck", vermutete Tina. „Eine echte Kette wirft doch niemand weg."

„Warte mal." Bibi hatte eine Idee. Sie stellte sich in Hexpositur und streckte die Arme aus. *„Eene meene Besenschrank, Schmuckstück sei jetzt blitzeblank! Hex-hex!"*

„Wow!", hauchte Tina ergriffen, als die Sternchen und Funken erloschen und das „Hex-Plingpling" verklungen war. „Ich glaub's ja nicht!"

Auch Bibi konnte es nicht fassen.

Was sie da in der Hand hielt, war ein Meisterwerk der Goldschmiedekunst – ein oval geformter Anhänger, geschmückt mit ineinander verwobenen filigranen Ranken. In der Mitte des goldenen Anhängers saß ein großer geschliffener blauer Stein, und überall in den Ranken blitzten kleine blaue Sternchen. Auch die feingliedrige, nun leider zerrissene Kette hatte am Verschluss einen winzigen blauen Sternenstein.

Mit großen Augen betrachtete Bibi den Anhänger. „So etwas Schönes habe ich noch nie gesehen."

„Ich auch nicht", pflichtete Tina ihr bei.

Plötzlich hatte Bibi eine Idee. „Du! Jetzt haben wir das Geschenk für deine Mutter!"

„Aber es doch *dein* Fund", wandte Tina ein.

„Na und?!"

„Wenn der Anhänger echt ist, dann ist er sicher sehr wertvoll", meinte Tina.

„Umso besser."

Doch Tina war anderer Meinung. „Von wegen. Wir müssen den Fund abgeben. Irgendjemand hat den Anhänger bestimmt als verloren gemeldet."

„Vielleicht vor hundert Jahren mal."

Tina schüttelte den Kopf. „Das glaube ich nicht. Lass uns zum Grafen reiten. Mal hören, was der dazu meint. Es ist ja seine Wiese."

„Okay", stimmte Bibi zu. „Ich kann dir das sowieso nicht ausreden. Stimmt's?"

„Genau." Tina nickte. „Aber wenn wir den Anhänger behalten können, kriegt ihn meine Mutter. Wie du gesagt hast."

Alex hat einen Verdacht

Natürlich hofften die Mädchen, dass sie den Anhänger behalten durften. So ein schönes Geschenk hätten sie auf dem Flohmarkt sicher nicht gefunden, obendrein ohne einen Cent dafür auszugeben.

Auf dem Weg zum Schloss trafen sie Tinas Freund Alexander, den Sohn des Grafen. Er war mit seinem Hengst Maharadscha ebenfalls auf einem frühen Ausritt.

„Alex!“, begrüßte Tina ihn fröhlich. „Was machst du denn hier … um diese Zeit?“

„Ich war früh wach und Maharadscha brauchte Bewegung“, antwortete Alex. „Und was ist mit euch?“

„Wir wollten zum Flohmarkt“, sagte Tina.

„Und sind querfeldein über eine von euren Wiesen geritten …“, erklärte Bibi.

„… dabei hat Bibi was Tolles gefunden“, fügte Tina hinzu.

„Ein Maulwurf hat einen Anhänger ausgebuddelt.“ Bibi hielt Alex das Schmuckstück unter die Nase. „Hier, sieh mal.“

„Oh! Und der Maulwurf hat ihn auch schon geputzt?“, fragte Alex amüsiert. „Der blitzt ja wie neu.“

„Quatsch!“, entgegnete Tina. „Bibi hat ihn sauber gehext. Wenn es keinen Besitzer gibt, hätte ich etwas für Muttis Geburtstag. Wir wollen aber erst einmal mit deinem Vater reden.“

„Meinst du, der ist echt?“, fragte Bibi.

„Gib mal her.“

Bibi überreichte Alex den Anhänger, und er betrachtete ihn fachmännisch von allen Seiten.

„Na?“, meinte Tina.

Alex stieß einen leisen Pfiff aus. „Das ist ja unglaublich.“

„Was denn?“, wollte Bibi wissen.

„Das Ding ist auf jeden Fall echt!“, erklärte Alex. „Die blauen Steine sind Saphire!“

Tina blickte enttäuscht drein. „Tja, dann wird es wohl nichts mit dem Behalten.“

„Aber wir wissen doch noch gar nicht, ob jemand den Anhänger vermisst“, wandte Bibi ein.

„Doch. Da bin ich mir ziemlich sicher“, erwiderte Alex. „Ich habe auch schon einen Verdacht …“

„Was denn für einen Verdacht?“, fragte Tina. „Nun sag schon, Alex.“

„Langsam“, wehrte Alex ab. „Die Lösung des Rätsels gibt es im Schloss. Da wolltet ihr doch sowieso hin.“ Er blickte die Mädchen auffordernd an. „Wer zuerst am Schlosstor ist, okay?!“ Er schnalzte mit der Zunge, gab seinem Rappen Schenkeldruck und galoppierte an. „Los, Maharadscha!“

„He! Unser Anhänger!“, protestierte Bibi.

„Keine Sorge!“, rief Alex über die Schulter zurück. „Ich verliere ihn schon nicht!“

„Hinterher, Bibi!“, forderte Tina die Freundin auf. „Tempo, Amadeus!“

„Blitzstart, Sabrina!“, kommandierte Bibi. „Hüah!“

Der Talisman der Familie von Falkenstein

Bibi und Tina trieben Amadeus und Sabrina tüchtig an, um Alex auf Maharadscha einzuholen. Sein überraschendes Lospreschen hatte ihm einigen Vorsprung verschafft, und erst kurz vor dem Schlosstor konnten die Mädchen zu ihm aufschließen.

Im Schlosshof sprang Alex als Erster ab, band Maharadscha fest und stürmte ins Gebäude. Die beiden Mädchen eilten hinterher. Polternd stürmten sie über die breite Treppe hinauf in die Ahnengalerie derer von Falkenstein. Vor einem Gemälde, welches das Portrait einer schönen, eleganten Dame zeigte, blieb Alex stehen.

„Darf ich vorstellen?“, sagte er übertrieben galant. „Meine Urgroßmutter. Gräfin Amalie von Falkenstein.“

„Ja und?“, fragte Bibi.

„Schaut mal ihren Hals an“, forderte Alex die Mädchen auf. „Was sie da trägt, ist ...?“

„Das glaub ich nicht!“, meinte Tina verblüfft.

„Unser Anhänger!“, staunte Bibi.

„So ist es.“ Alex nickte. „Ich war mir nicht ganz sicher, aber es gibt keinen Zweifel mehr.“

Tina schluckte. „Das bedeutet ja ...“

„Genau“, sagte Alex. „Ihr habt das verschollene Glücksamulett meiner Urgroßmutter gefunden.“

„Na super.“ Bibi verzog das Gesicht. „Das ist dann aber Pech für uns.“

„Allerdings.“ Tina schaute enttäuscht drein.

„Hat denn bisher niemand nach dem Amulett gesucht?“, wollte Bibi wissen. „Wie hat sie es überhaupt verloren?“

„Auf einem Ausritt“, antwortete Alex. „Die Kette ist gerissen.“

In diesem Moment ging die Tür zur Ahnengalerie auf und Schritte kamen näher. Ein lautes Räuspern ertönte und Alex' Vater, Graf Falko von Falkenstein, erschien.

„Alexander! Wieso weiß ich nicht, dass du Besuch mitbringst?"

„Vater!" Alex wurde verlegen. „Ich ... äh ... wir ..."

„Ich hörte eine Herde junger Wildpferde durch das Haus toben", sagte der Graf spitz. „Ich vermute, das wart ihr!"

„Entschuldige bitte, Vater, aber es ist etwas Unglaubliches passiert."

„Na, was hast du wieder angestellt?", fragte Graf Falko misstrauisch.

„Gar nichts, Vater." Alex lachte. „Bibi und Tina haben etwas gefunden."

„Und deshalb müsst ihr so einen Lärm veranstalten? Also: Ich höre. Um was geht es?"

Alex griff in die Hosentasche und präsentierte stolz den Fund der beiden Mädchen: „Das Glücksamulett von Urgroßmutter Amalie. Hier – sieh!"

Graf Falko starrte verblüfft auf das Schmuckstück in der Hand seines Sohnes. „Nicht möglich ... Unser Familien-Talisman! Er ist wieder da! Das ist ja ...“ Er rang nach Worten. „Wo war der Anhänger denn?“

„Auf einer Wiese“, sagte Bibi. „Auf einem Maulwurfshügel.“

„Der Anhänger ist ein Talisman?“, wandte Tina sich an den Grafen. „Hat er Wunderkräfte?“

„Ach, Unfug. Allerdings sollen Saphirsterne Glück bringen.“ Er räusperte sich bedeutungsvoll. „Sofern man daran glaubt.“

„Na ja“, meinte Alex. „Urgroßmutter Amalie hat jedenfalls daran geglaubt.“

Graf Falko blickte nachdenklich auf das Amulett.

„Tja, Alex“, sagte er, „damit stand deine liebe Urgroßmutter Amalie nicht alleine da. Viele Menschen glauben an Glücksbringer, man nennt sie auch ‚Talismane‘. Unter den angeblich Glück bringenden Edelsteinen werden besonders dem Saphir übernatürliche Kräfte nachgesagt. Die Sternenform soll diese Kraft verstärken. Saphirsterne gelten unter anderem als Leit- und Siegessymbole auf dem Lebensweg."

Bibi und Tina schauten sich beeindruckt an. Was der Graf alles wusste!

„War das Amulett schon vor Urgroßmutter Amalie im Besitz der Familie?", fragte Alex.

„Oh ja." Sein Vater nickte. „Vor etwa dreihundert Jahren schenkte es ein Graf von Falkenstein seiner Braut zur Hochzeit. Seitdem bekam den Anhänger immer die Braut des Erstgeborenen. In diesen Zeiten hatten die Falkensteiner außerordentliche Glückssträhnen."

„Und die endeten, als Gräfin Amalie den Anhänger verloren hat", schloss Bibi.

„Hm ..." Der Graf sah sie nachdenklich an. „Wenn man es so sehen will."

Alex wandte sich an Bibi. „Glaubst du an Glücksamulette?"

„Warum nicht?", meinte sie. „Ich bin eine Hexe."

„Unfug." Graf Falko warf ihr einen missbilligenden Blick zu. „Alles Aberglaube. Hexenmärchen. Da besteht kein Zusammenhang."

„Warum ist es denn dann so wichtig, Herr Graf, dass der Anhänger wieder da ist?", hakte Bibi nach.

„Ähm ... nun ... Als Familienerbstück ist er unersetzlich. Ich bin euch sehr dankbar, dass ihr ihn zurückgebracht habt."

„Und was machen Sie jetzt damit?", fragte Bibi.

„Ich hebe das Amulett auf, bis mein Sohn eine Braut nach Hause bringt." Der Graf warf Alex einen vielsagenden Blick zu. „So wird die Tradition fortgesetzt."

„Tja, Tina", Bibi zwinkerte ihrer Freundin zu, „dann musst du noch etwas warten, bis du es deiner Mutter schenken kannst."

Tina knuffte sie. „Bibi!"

Aber Bibi hatte recht. Die Herkunft des Amuletts war nun geklärt; das bedeutete aber auch, dass die beiden Mädchen immer noch kein Geburtstagsgeschenk für Frau Martin

hatten. Für den Flohmarkt in Rotenbrunn war es mittlerweile zu spät, und Bibi und Tina beschlossen deshalb, zurück zum Martinshof zu reiten.

Dort wurden sie von Tinas Mutter schon sehnsüchtig erwartet. Die kämpfte sich mühsam durch einen Berg Bügelwäsche und hätte ein paar helfende Hände gut gebrauchen können.

Ein dreister Überfall

Gerade hatte Frau Martin einen Schwung saubere Wäsche von der Leine geholt und machte sich erneut an die Arbeit.

„Wo bleiben die Mädchen bloß?“ Sie seufzte. „Diese Bügelei will heute gar kein Ende nehmen!“

Plötzlich wurde die Radiomusik, die sie ein wenig von ihrer monotonen Beschäftigung ablenkte, von einem Signal unterbrochen.

„Achtung, Achtung, wir bringen eine wichtige Durchsage“, kam es aus dem Lautsprecher. „Die Polizei bittet die Bevölkerung um ihre Mithilfe. Zwei männliche Jugendliche im Alter von sechzehn und siebzehn Jahren sind heute Morgen aus dem Heim für minderjährige Straftäter in Rotenbrunn entflohen. Bitte geben Sie Hinweise zur Festnahme der Flüchtigen umgehend an die nächste örtliche Polizeidienststelle weiter." Gleich darauf setzte wieder die Musik ein.

„Du meine Güte! Hat das Heim kein Wachpersonal?" Frau Martin seufzte. Sie war beunruhigt. „Hoffentlich laufen die Ausreißer nicht gerade Bibi und Tina über den Weg."

Die Mädchen hatten wie immer den kürzesten Weg durch den Falkensteiner Forst genommen. Sie trabten auf ihren Pferden völlig ahnungslos den Waldweg entlang, als plötzlich zwei mit dicken Knüppeln bewaffnete Jungen aus einem Gebüsch stürmten – mitten auf den Weg und direkt vor Amadeus und Sabrina! Die Pferde wieherten erschrocken auf und begannen zu scheuen.

„Halt!!", rief der erste, ein untersetzter, muskelbepackter Kerl mit einem Bürstenhaarschnitt. „Stopp!!"

„Brrr! Anhalten!", befahl der zweite. Er war

groß und schlank, und seine Haare fielen ihm lang über den Hemdkragen.

„Habt ihr ’nen Knall?!“, empörte sich Bibi. „Aus dem Weg!“

„Klappe!“, blaffte der Kleine namens Timo. „Haltet eure Gäule an!“

„Aber sofort!“, verlangte der andere, der Jörg hieß.

„Spinnt ihr?!“, rief Tina erbost.

„Stopp! Wird’s bald?!“ Timo schwang drohend seinen Knüppel.

Amadeus und Sabrina rollten verängstigt mit den Augen und drohten auszubrechen. Die Mädchen sprachen beruhigend auf sie ein und brachten sie schließlich zum Stehen.

„Was soll der Quatsch?!“, fauchte Tina.

„Rückt euer Geld raus!“, verlangte Jörg. „Dann passiert nichts.“

„Wir haben kein Geld dabei“, erklärte Tina.

„Wer’s glaubt!“, entgegnete Timo und trat näher. „Her damit oder es …“

„Wagt es nicht!“, rief Bibi. „Sonst passiert was!“

„Pah!“ Jörg grinste höhnisch. „Mit euch Hühnern werden wir doch locker fertig.“

„Zum letzten Mal: Geld her!“, schnauzte Timo sie an. „Und eure Pferde könnt ihr gleich mit abgeben.“

„Ich warne euch zum letzten Mal ...“, sagte Bibi. „Verschwindet!“

„Die Kleine will mir drohen! Ich fasse es nicht!“ Timo lachte frech. „Los, Jörg, den zeigen wir's!“

„Ja! Los!“

Die Jungen wollten sich auf Bibi stürzen, doch die war darauf vorbereitet und sagte schnell einen Hexspruch: *„Eene meene seid gebannt, Knüppel fliegen aus der Hand! Eene meene Hexenlichter, ins Gebüsch die Bösewichter! Hex-hex!“*

Funken sprühten, Sternchen blitzten und das „Hex-Plingpling“ ertönte. Die beiden Kerle wurden von unsichtbarer Hexenkraft gepackt, emporgehoben und landeten höchst unsanft in dem Gebüsch, aus dem sie gekommen waren.

„Aua! Verdammter Mist!“, fluchten Timo und Jörg wie aus einem Mund.

Die Mädchen griffen zu den Zügeln und trieben ihre Pferde an.

„Los, Amadeus! Weiter!“

„Hüah, Sabrina!“

Amadeus und Sabrina trabten sogleich los, und die Freudinnen sahen eilig zu, dass sie sich aus dem Staub machten.

„He! Was ist das für ein gemeiner Trick?!“, empörte sich Timo.

„Das ist Hexerei!“, entgegnete Bibi.

„Blödsinn!“, rief Timo. „He! Hiergeblieben!“

„Das wird euch noch leidtun!“, drohte Jörg.

Doch Bibi und Tina dachten gar nicht daran stehen zu bleiben. Im Wegreiten blickten sie sich noch einmal um und riefen lachend: „Bestimmt nicht!“

Frau Martin weiß Bescheid

Bibi und Tina hatten großes Glück gehabt! Wie wäre die Sache wohl ausgegangen, wenn Bibi nicht hexen könnte? Frau Martin wurde ganz blass, als ihr die beiden Mädchen von dem Zwischenfall im Wald erzählten. Sie hatte die Radiodurchsage schließlich noch im Ohr. Deshalb informierte sie auch gleich die Polizei über das Auftauchen der beiden Jungen im Falkensteiner Forst. Bibi und Tina nahmen das Ganze eher gelassen.

„Auf jeden Fall war's ziemlich lustig, wie Bibi die beiden wieder ins Gebüsch gehext hat", meinte Tina amüsiert.

„Allerdings!" Bibi lachte. „Die zwei haben ganz schön dumm aus der Wäsche geguckt."

„Trotzdem“, sagte Frau Martin, „ich bin froh, dass ihr heil zurück seid. Was habt ihr eigentlich auf dem Schloss gemacht? Ihr wolltet doch nach Rotenbrunn.“

„Ja, schon, aber dann …“, sagte Tina. „Du wirst es nicht glauben, Mutti. Wir haben das verloren gegangene Glücksamulett der Gräfin Amalie von Falkenstein gefunden. Auf einem Maulwurfshügel.“

„Alex hat es gleich erkannt“, fügte Bibi hinzu. „Wir haben es daraufhin dem Grafen zurückgegeben.“

„Also, das ist ja wirklich unglaublich!“ Frau Martin lachte auf. „Wisst ihr, wie lange man danach gesucht hat?“

„Du kennst die Geschichte?“, fragte Tina erstaunt.

„Natürlich“, antwortete ihre Mutter. „Graf Falkos Mutter war die erste Braut, die das Amulett nicht bekommen hat. Sie war überzeugt, die Familie würde von nun an nur noch Pech haben.“

„Zu dumm, dass es den von Falkensteins

gehört“, wandte Tina ein. „Das Glücksamulett wäre nämlich ein tolles Geburtstagsgeschenk für dich gewesen.“

Frau Martin starrte sie verblüfft an. „Ihr wolltet es mir schenken?“

„Hm.“ Die Mädchen nickten.

„Das ist lieb von euch. Danke. Aber wann und wo sollte ich so was tragen?“ Tinas Mutter schmunzelte. „Im Pferdestall?“

„Warum nicht?“, meinte Bibi vergnügt. „Etwas Glück schadet nie.“

„Ach, Bibi! Du weißt doch: Das Glück der Erde …“

„… liegt auf dem Rücken der Pferde.“ Bibi lachte. „Stimmt, Frau Martin!“

Damit war zunächst das Thema „Glück“ und „Glücksbringer“ erledigt. Bibi und Tina beschlossen, sich erst am nächsten Morgen weiter um das Geburtstagsgeschenk für Tinas Mutter zu kümmern und gingen früh ins Bett. Obwohl sie schon müde waren, redeten die Freundinnen noch ein wenig über die beiden

Jungs, die sie bedroht hatten. Das war ja auch eine aufregende Geschichte. Genau so ein aufregendes Erlebnis hatten Alexander und sein Vater am nächsten Morgen auf der Schlosskoppel.

Und wieder waren die beiden Jungen im Spiel!

Pferdediebe auf der Koppel

Seinen täglichen Inspektionsrundgang beendete Graf Falko bei der Schlosskoppel, auf der auch die ungarischen Wildpferde standen. Gleich auf den ersten Blick sah der Graf, dass etwas nicht in Ordnung war.

„Verflixte Schlamperei!“, schimpfte er. „Das Gatter zur Koppel ist nur angelehnt. So können die Wildpferde jederzeit ausbrechen.“

Misstrauisch blickte sich Alex um. „Sieh mal, Vater, das hohe Gras bei den Büschen ist ganz zerdrückt. Da hat jemand übernachtet.“

„Womöglich Landstreicher?! Auf unserer Koppel?!“ Graf Falko war empört. „Das kann ich unmöglich dulden! Das geht zu weit! Wo sind die Pferde?“

„Dort hinten!“ Alex deutete zum anderen Ende der Koppel. Doch die Wildpferde waren nicht allein. „Da sind auch zwei Typen!“, rief er erschrocken.

Jetzt hatte der Graf sie auch gesehen. „Was soll das? Was machen die beiden?!“

„Es sieht ganz so aus, als wollten sie aufsteigen“, sagte Alex.

„Auf meine Wildpferde?!“ Graf Falko war außer sich.

„Die schnappe ich mir, Vater!“

„Nun, ich bin dabei!“, rief der Graf und rannte hinter seinem Sohn her.

Der Fall war klar: Nach einer Nacht im Freien wollten die Jungen offenbar mit den Wildpferden des Grafen flüchten! Aber das Reiten auf Wildpferden ist nicht so einfach, und so hatten die beiden mächtige Schwierigkeiten, die Pferde zu halten. An Aufsitzen war nicht zu denken.

Timos Pferd bockte, und er hing wie ein nasser Sack auf seinem Rücken; Jörg hielt sich an der Mähne eines anderen Pferdes fest und wurde von ihm mitgeschleift. Als Alex und sein Vater sich näherten, ließen die Jungen von den Tieren ab und gaben auf.

„Ha!“, sagte Alex. „Das sind Wildpferde. Die lassen nicht jeden aufsitzen!“

„Hände weg!“, befahl sein Vater. „Oder es passiert was!“

Timo tat scheinheilig. „Aber wir wollten die Tierchen doch nur streicheln.“

„Wir lieben Gäule!“, erklärte Jörg in heuchlerischem Ton.

„Lügner!“, rief der Graf barsch. „Schluss mit dem Unfug. Wer seid ihr?“

„Wir? Ähh ...“, druckste Jörg und suchte krampfhaft nach einer Ausrede.

„Wir sind auf der Durchreise“, sagte Timo.

„Ja, und total pleite!“ Jörg nickte eifrig. „Deswegen haben wir hier im Freien übernachtet.“

„Das ist doch kein Verbrechen, oder?“ Timo setzte sein unschuldigstes Gesicht auf.

„Nein, aber Pferdediebstahl ist eins!“, wies ihn Graf Falko scharf zurecht.

„Wir wollten nichts stehlen“, behauptete Jörg.

„Wer’s glaubt“, entgegnete Alex höhnisch. „Wo sind denn eure Sachen? Habt ihr keine Rucksäcke dabei?“

„Äh … die Rucksäcke …“, Timo kam ins Stottern, „na ja ... die haben wir …“

Jörg fiel prompt eine Ausrede ein: „Die sind *uns* gestohlen worden!“

„Ja, genau!“, bestätigte Timo.

„Deswegen müssen wir jetzt wieder nach Hause zurück“, sagte Jörg.

„Und ausgerechnet auf unseren Pferden, was?“, fragte Alex.

„Nein, bestimmt nicht“, widersprach Timo. „Ich schwöre …“

„Falsche Schwüre könnt ihr euch sparen!“, erwiderte der Graf. „Ich rate euch: Verschwindet! Und zwar schnell!“

„Was? Äh … ja … dann also …“ Jörg zog seinen Kumpel am Ärmel. „Los, komm.“

Das ließ sich Timo nicht zweimal sagen. „Wir sind schon weg!“

Die verhinderten Pferdediebe machten auf dem Absatz kehrt, sprangen über den Zaun der Koppel und verschwanden im Gebüsch. Sie befürchteten, dass der Besitzer der Wildpferde es sich am Ende noch anders überlegen könnte.

„Du lässt sie einfach laufen, Vater?“, fragte Alex verwundert.

„Nun, den Diebstahl haben wir immerhin verhindert“, sagte der Graf. „Was soll ich mich mit diesen Rabauken weiter herumärgern?“

Leider hatten weder Graf Falko noch Alexander eine Ahnung, wer da gerade vor ihnen gestanden hatte. Statt augenblicklich die Polizei zu verständigen, hatten sie die beiden jugendlichen Ausbrecher in die Flucht geschlagen. Die waren immer noch auf freiem Fuß und konnten weiterhin die Gegend unsicher machen. Aber das wussten der Graf und sein Sohn nicht, und so machten sie sich guter Laune auf den Weg zum Martinshof.

Eine Einladung von Graf Falko

Frau Martin kam aus der Küche geeilt, als sie Hufschlag im Hof hörte. „Falko! Alex!“, rief sie erfreut, als sie die Reiter erblickte. „Das ist ja eine Überraschung!“

Schwungvoll stieg der Graf aus dem Sattel. „Einen wunderschönen guten Morgen, Susanne!“, wünschte er.

„Du klingst vergnügt“, stellte Frau Martin fest und fügte scherzend hinzu: „Liegt das an dem wiedergefundenen Familien-Talisman?“

„Auch das.“

„Wir haben heute früh schon zwei Pferdediebe vertrieben!“, berichtete Alex.

„Na, wenn das kein Glück ist“, meinte Frau Martin.

„Das Glück liegt im frühen Aufstehen, Susanne“, sagte Graf Falko. „Das Amulett hat damit nichts zu tun.“

„Glücksamulette wirken im Verborgenen.“ Frau Martin schmunzelte. „Das wird einem immer erst hinterher klar.“

Der Graf runzelte die Stirn. „Veralberst du mich, oder glaubst du etwa an so einen Unfug?“

„Ausschließen kann man es jedenfalls nicht. Es heißt doch auch, der Glaube versetzt Berge.“

„Sie meinen, ein Glücksamulett hilft dem, der daran glaubt?“, fragte Alex.

„Das kann man so sehen“, antwortete Frau Martin. „Deswegen sollte man es auch nicht verlieren.“

„Nun, da die von Falkensteins es jetzt wieder haben, gehen wir also rosigen Zeiten entgegen. Und alle Probleme gehören der Vergangenheit an.“ Graf Falko blinzelte vergnügt durch sein Monokel. „Ha! Schöner Hokuspokus!“

Frau Martin zuckte mit den Schultern. „Na, vielleicht stimmt es ja …“

„Dann müsste mein neues Rennpferd ‚Falkenauge‘ ja beim morgigen Rennen gleich gewinnen“, meinte der Graf.

„Mal sehen“, sagte Frau Martin freundlich.

„Ich wollte Bibi und Tina übrigens gerne zu dem Rennen mitnehmen, wenn du nichts dagegen hast, Susanne. Als Dank für die Rückgabe des Amuletts.“

„Gute Idee. Die beiden werden sich freuen.“

„Ich sag ihnen Bescheid“, bot sich Alex an.

Das neue Rennpferd

Frau Martin hatte recht – Bibi und Tina waren begeistert von der Einladung und sprachen fast von nichts anderem mehr. Die unangenehme Begegnung mit den beiden aggressiven Jungen im Wald war vergessen, und so konnten sie sich von Herzen auf das Rennen freuen.

Am nächsten Morgen waren sie pünktlich auf dem Rennplatz und überaus gespannt. Auch Alex war sehr aufgeregt, denn das neue Pferd des Grafen, der Achal-Tekkiner „Falkenauge“ lief sein erstes Rennen. Während sich Graf Falko sofort zur Rennleitung begab, besuchten Bibi, Tina und Alex den feurigen Goldfuchs in seiner Box. Dort trafen sie auch

Dexter, den sympathischen Jockey des Grafen.

„Mann! Ist der schön!“ Bibi ließ begeistert den Blick über den schlanken, sehnigen Körper des Goldfuchses streifen.

„Und die Haltung ... Ein echtes Siegerpferd“, meinte Tina.

„Darf ich ihn streicheln?“, fragte Bibi.

Dexter nickte. „Sicher.“

„Hallo, Falkenauge!“ Zärtlich strich Bibi dem Pferd über die Nüstern. „Du bist wirklich ein Schöner! Sein Fell fühlt sich an wie Seide, Tina. Streichle ihn mal.“

Tina tat es. „Wow! Stimmt, Bibi.“ Der Goldfuchs schnaubte vor Behagen.

„Ich glaube, du bist ein Glücksbringer“, meinte Bibi. „Schon, weil du ‚Falkenauge‘ heißt.“

Alex war stolz auf das neue Pferd seines Vaters. „‚Falkenauge‘ ist ein cooler Name, nicht?“

„Oh ja.“ Bibi nickte. „Falken waren früher Orakeltiere und auch Helden-Symbole.“

Alex staunte. „Woher weißt du das?"

„Na, das gehört zum Hexenunterricht."

„Ich hoffe, du verhext Falkenauge nicht", meinte Dexter scherzhaft.

„Nein!", beteuerte Bibi. „Der gewinnt auch ohne Hexerei."

„Trotzdem geht ihr jetzt besser", sagte der Jockey. „Falkenauge braucht Ruhe vor dem Rennen."

„Okay." Alex wandte sich zum Gehen. „Bibi, Tina, kommt. Mein Vater wartet bestimmt schon auf uns."

Die drei eilten zur Tribüne, wo Graf Falko von Falkenstein sie schon ungeduldig erwartete. Alex' Vater bemühte sich, ruhig und gelassen zu wirken, aber er war aufs Höchste gespannt.

Endlich ertönte das Läuten der Glocke – das Startzeichen! Alle verfolgten gebannt, wie die Pferde galoppierten. Je näher das Ziel rückte, desto höher stieg die Spannung. Die Zuschauer erhoben sich von ihren Sitzen und feuerten Pferde und Reiter an.

Aus den Lautsprechern kam die Stimme des Stadionsprechers: „*Ja ... ja ... Und da biegen die Favoriten in die Zielgerade ein! ,Wilde Socke' führt, dicht gefolgt von ,Champion' und ,Tiger'! Danach ,Falkenauge' und ,Schneewittchen'! Das weitere Feld folgt mit großem Abstand.*"

„Los, Falkenauge!" feuerte Alex den Goldfuchs an. „Hol sie ein!"

„Tempo!", rief Tina. „Du schaffst es!"

„Halt dich ran, Falkenauge!" Bibi hielt beide Daumen fest gedrückt.

„Er kommt! Ich bin ganz sicher." Vor Aufregung wäre Graf Falko fast das Monokel heruntergefallen. „Falkenauge ist stark im Endspurt."

In dem Moment erhob sich Dexter mit leicht durchgedrückten Beinen weit aus dem Sattel.

„Na endlich! Er greift an!" Graf Falko seufzte erleichtert.

„*,Falkenauge' mit ,Tiger'*", ertönte die Lautsprecherstimme. „*,Schneewittchen' ist zurückgefallen. Jetzt kommt die Entscheidung ...*

‚Falkenauge' setzt ungeahnte Reserven frei! Schon liegt er gleich auf mit ‚Wilde Socke' und ‚Champion'. Jaaa! Er zieht vorbei!"

Bibi, Tina, Alex und Graf Falko hielten den Atem an. Jetzt ging es um Sekunden ...

„Absolute Hochspannung auf den letzten Metern! Kann ‚Falkenauge' seinen Vorsprung halten? Jaaa! Er baut ihn noch aus! Gleich fällt die Entscheidung ... Ja! Ja! ‚Falkenauge' hat gesiegt! Mit einer Länge Vorsprung geht er durchs Ziel!"

Die Zuschauer jubelten und klatschten Beifall. Alex und sein Vater rissen die Arme hoch und riefen immer wieder begeistert: „Bravo! Bravo! Bravo!!!"

Das war wirklich ein grandioser Sieg des Achat-Tekkiners! Bibi und Tina fielen sich vor Freude in die Arme, und der sonst so strenge und zurückhaltende Graf drückte seinen Sohn vor Begeisterung an sich. Anschließend eilten alle zu den Boxen, um dem Jockey und Falkenauge zu gratulieren.

„Hier, Falkenauge." Bibi zog eine Tüte hervor. „Selbst gemachte Leckerlis. Haben wir extra für dich mitgebracht.“

Schnaubend und knurpsend ließ sich der Goldfuchs die kleinen Köstlichkeiten schmecken. Tina hielt sie ihm auf der flachen Hand unter die weichen Lippen. „Und noch eins. Hier. Die hättest du auch so bekommen. Aber nach einem Sieg schmecken sie noch besser, nicht wahr?“

„Stopp!“ Dexter hielt die Mädchen zurück. „Verwöhnt ihn mir nicht zu sehr. Dann gewinnt er nie mehr ein Rennen.“

„Glaube ich nicht“, erwiderte Bibi. „Bei *dem* Namen! Und sein Eigentümer besitzt ja außerdem noch ein Glücksamulett.“

„Was?“ Der Jockey machte große Augen. „Davon haben Sie mir gar nichts erzählt, Chef.“

„Ach, weil es Firlefanz ist! Aberglaube!“ Graf Falko machte eine abwehrende Handbewegung. „Sie sind ein großartiges Rennen geritten, Dexter, und haben sich eine Prämie verdient.“ Er griff in die Tasche seines Jacketts

und überreichte dem Jockey einen Umschlag. „Hier. Bitte."

„Besten Dank, Chef!" Der Jockey strahlte. „Ich habe auch etwas für Sie." Er nahm seine Kopfbedeckung ab. „Meine Jockeymütze vom Siegesritt. Als Glücksbringer!"

„Oh, danke." Der Graf nahm die Mütze entgegen und fügte schmunzelnd hinzu: „Das Wort ‚Glücksbringer' wird im Moment wohl etwas überstrapaziert. Ich denke, meinem Sohn steht sie besser als mir. Wenn Sie erlauben?"

„Bitte schön", sagte Dexter. „Sie bleibt ja in der Familie."

Und schon hatte Alex die Jockeymütze auf dem Kopf!

„Wahnsinn!" Er strahlte über das ganze Gesicht. „Jetzt habe ich eine echte Jockeymütze als Glücksbringer."

Tina ist sauer

Glücksbringer schienen im Augenblick wirklich Hochkonjunktur zu haben. Auch auf dem Martinshof sprachen die Mädchen über nichts anderes. Lebhaft diskutierten sie, ob Falkenauge auch ohne das Glücksamulett der Gräfin Amalie gesiegt hätte. Das erinnerte Tina daran, dass sie noch immer kein Geburtstagsgeschenk für ihre Mutter hatte. Plötzlich hatte sie eine Idee: Wie wäre es, wenn sie eine Kopie von dem Amulett machen würden? Vielleicht ginge auch etwas Glück auf die Kopie über? Als Vorlage brauchten sie nur einen Abdruck des Originals.

Sofort griff Tina zum Telefonhörer, um Alex im Schloss anzurufen. Sie erklärte ihm ihr

Vorhaben und schloss mit der Bitte: „Alex, lass mich nicht hängen! Wir brauchen das Amulett nur für eine Stunde.“

„Vater behandelt es wie seinen größten Schatz“, entgegnete er. „Ich glaube nicht, dass er es aus der Hand gibt.“

„Ohne uns hätte er es doch überhaupt nicht“, wandte Tina ein. „Er bekommt sein Amulett unversehrt zurück. Versprochen.“

Alex zögerte noch. „Ich weiß nicht …“

„Aber ich weiß es“, erwiderte Tina verärgert. „Du bist einfach zu feige, deinen Vater zu fragen!“

„Ich bin nicht zu feige“, kam es zurück, „aber du kennst ihn doch …“

„Wer sagt denn, dass er etwas davon mitbekommen muss?“ Tina ließ nicht locker. „Bring das Amulett schnell her. In null Komma nichts bist du damit zurück, und er wird nichts merken.“

„So einfach ist das nicht.“

„Du braves Grafensöhnchen!“, maulte Tina. „Echt toll!“

„Also gut“, meinte Alex seufzend. „Aber ihr müsst euch mit dem Abdruck wirklich beeilen. Bis gleich.“

„Na endlich.“ Tina atmete auf. „Danke, Alex.“

Als „feiges, braves Grafensöhnchen“ mochte Alexander vor Tina natürlich nicht dastehen. Deshalb ritt er, wie versprochen, mit dem „ausgeliehenen“ Amulett zum Martinshof. Dort hatten Bibi und Tina auf dem Tisch im Kaffeegarten schon alles für den Abdruck vorbereitet. Aber gerade, als Tina das Amulett in ein weichgemachtes Seifenstück drücken wollte, ertönte ein lauter Knall. Rauch drang aus den Boxenfenstern des Pferdestalls. Was war passiert? War ein Feuer ausgebrochen? Erschrocken ließen Bibi und Tina alles stehen und liegen und liefen mit Alex zum Stall, wo Frau Martin bereits die Türen weit geöffnet hatte.

„Tempo, Kinder!“, rief sie. „Die Pferde müssen raus!“

„Wo brennt es denn?“ Alex blickte sich um. „Ich sehe nichts.“

„Wir haben Glück, es ist kein Feuer“, stellte Frau Martin fest. „Jemand hat Rauchknaller gezündet.“

„Etwa ein Ferienkind?“, fragte Tina erschrocken.

„Das hoffe ich nicht“, sagte ihre Mutter. „Los jetzt! Kümmert euch um die Pferde! Der Rauch brennt ihnen in den Augen.“

Bibi trat auf sie zu. „Frau Martin, darf ich hexen?“

„Na klar. Im Notfall immer.“

Bibi fackelte nicht lange und stellte sich in Hexpositur: „*Eene meene graue Maus, Rauch ist aus dem Stall heraus! Hex-hex!*“

Funken sprühten, Sternchen blitzten und das „Hex-Plingpling“ ertönte. Im Nu zerrissen die Rauchwolken und trieben durch die Tür hinaus ins Freie, wo sie sich sofort auflösten.

„Danke, Bibi.“ Frau Martin atmete erleichtert auf. „Manchmal bin ich doch sehr froh, dass du eine Hexe bist.“

„Ja, nicht?“ Bibi lachte. „Aber jetzt müssen wir Sabrina, Amadeus und die anderen Pferde beruhigen.“

„Am besten, wir bringen sie auf die Koppel“, schlug Tina vor.

„Okay, ich helfe euch“, bot sich Alex an.

„Und ich nehme mir mal die Ferienkinder vor“, sagte Frau Martin verärgert. „Wenn das eins von ihnen war, hat das ernste Konsequenzen. Einen Rauchknaller in einem Pferdestall zu zünden, ist absolut kein Spaß!“

Das Amulett ist weg!

Bibi, Tina und Alex brachten zügig alle Pferde auf die Martinshofkoppel und beruhigten sie. Dann liefen sie zurück in den Kaffeegarten, um den Abdruck des Amuletts vorzunehmen. Doch auf den Tisch lag nur das Seifenstück.

„Tina!“ Bibi erschrak. „Oh nein!“

„Was ist denn?!“

„Das Amulett ist weg!“

„Ach was!“, erwiderte Tina. „Alex, du hast es doch sicher eingesteckt, als wir losgerannt sind?“

„Was?“ Alex schüttelte den Kopf. „Nein … Ich bin aufgesprungen und euch hinterhergerannt.“

„Au weia!“ Tina verzog schmerzlich das

Gesicht. „In der Aufregung haben wir es völlig vergessen."

„Aber wer kann es weggenommen haben?", überlegte Bibi.

In diesem Moment kam Frau Martin auf sie zugeeilt. „Tina! Bibi! Alex!", rief sie aufgeregt. „Habt ihr jemanden aus dem Haus kommen sehen?"

Bibi verneinte und Tina fragte: „Was ist denn los, Mutti?!"

„Im Haus waren Einbrecher! Wir sind bestohlen worden!"

„Einbrecher?", wiederholte Alex.

„Ja. Alle Küchenschubladen sind herausgerissen, und meine Haushaltskasse ist weg!" Frau Martin war entsetzt.

„Oh nein!", stöhnte Tina. „Das auch noch!"

„Na, dann ist ja klar, wer die Rauchknaller gezündet hat", meinte Alex.

„Genau, die Diebe!", pflichtete Bibi ihm bei. „Wir sollten abgelenkt werden."

„Das ist ja so was von fies!", schimpfte Tina. „Die haben natürlich gewusst, dass wir als

Erstes alle in den Stall zu den Pferden laufen."

„So hatten sie genügend Zeit, die Küche auszuräumen", sagte Frau Martin bitter.

„Und das Amulett mitzunehmen", fügte Bibi hinzu.

„Bitte?" Tinas Mutter blickte sie erstaunt an. „Welches Amulett?"

Nun blieb Bibi, Tina und Alex nichts anderes übrig, als Frau Martin wohl oder übel einzuweihen, obwohl es um ihr Geburtstagsgeschenk ging. Der Fall schien klar zu sein: Die Einbrecher waren nach dem Diebstahl durch den Kaffeegarten geflüchtet und hatten bei der Gelegenheit auch noch das „ausgeliehene" Amulett mitgenommen. Es hatte ja schließlich dort gelegen wie auf dem Präsentierteller. Der arme Alex war ganz verzweifelt! Wie sollte er das Ganze nur seinem Vater erklären?

„Das Amulett soll doch eigentlich Glück bringen! Und jetzt haben wir so ein Pech", sagte er betrübt.

„Wir bekommen es schon zurück." Bibi war zuversichtlich.

„Und Muttis Haushaltskasse auch“, fügte Tina hinzu.

„Aber wie?“, fragte Alex. „Und überhaupt, wer klaut denn hier in der Gegend?“

„Hm ... Vielleicht die zwei ausgebüxten jungen Straftäter?“, antwortete Frau Martin.

„Du meinst die, von denen du im Radio gehört hast und die uns im Wald begegnet sind?“, meinte Tina.

„Das könnte sein“, pflichtete Bibi ihr bei. „Dann hat einer das Chaos im Pferdestall angerichtet, und der andere war im Haus.“

„Ich verstehe nicht“, sagte Alex. „Was für ausgebüxte Straftäter?“

„Zwei junge Kerle aus einem Heim für minderjährige Straftäter in Rotenbrunn“, erklärte Frau Martin.

Alex fiel jetzt etwas ein: „Mein Vater und ich haben heute früh zwei Typen auf unserer Koppel entdeckt. Sie wollten Pferde stehlen.“

„Wie sahen die aus?“, wollte Bibi wissen.

„Vielleicht so siebzehn Jahre alt“, antwortete Alex. „Der eine war blond, kräftig und untersetzt, der andere groß und schlank mit langen blonden Haaren."

„Das sind die aus dem Wald!", rief Bibi. „Jetzt ist alles klar. Die brauchen Geld und Pferde zum Weiterkommen."

„Geld haben sie ja jetzt", meinte Tina.

„Aber Pferde brauchen sie noch", gab Bibi zu bedenken.

Frau Martin wurde blass. „Unsere Pferde sind alle auf der Koppel. Unbewacht!"

„Au weia!", entfuhr es Bibi.

Alex sprang auf. „Los! Nichts wie hin!"

Auf heißer Spur

Doch sie kamen zu spät zur Koppel. Die beiden jungen Diebe hatten sich bereits zwei Pferde geschnappt und waren schon über alle Berge!

„Oh nein! Amadeus und Sabrina sind weg!“, stellte Tina entsetzt fest.

„Eine Unverschämtheit!“, schimpfte Bibi.

„Was machen wir jetzt?“, fragte Alex.

„Ganz einfach“, erklärte Bibi. „Ich starte mit Tina einen Suchflug auf Kartoffelbrei.“

„Gute Idee“, fand Alex. „Und ich reite auf Maharadscha hinterher!“

„Auf geht’s!“ Bibi war voller Tatendrang. „Die zwei haben sich zu früh gefreut. Wozu bin ich eine Hexe?!“

Alex und Tina zwinkerten ihr aufmunternd zu. Ja, es war nicht schlecht, wenn man in so einer Situation eine kleine Hexe als Freundin hatte. Aber nun musste es schnell gehen! Die drei gaben Frau Martin Bescheid, und Bibi und Tina schwangen sich auf den Hexenbesen. Im Suchflug ging es knapp über die Baumwipfel in Richtung Mühlenbach, Alexander galoppierte auf seinem schwarzen Hengst hinterher. Er hatte Mühe, Bibis Tempo mitzuhalten und feuerte sein Pferd an: „Los, Maharadscha! Schneller! Immer dem fliegenden Besen nach!“

„Halt dich gut fest, Tina!“, rief Bibi der Freundin zu, als sie eine scharfe Kurve fliegen mussten.

„Ja ja …“, gab Tina unbekümmert zurück. Plötzlich zuckte sie zusammen. „Huch! Pass auf, der Ast da!“

Gleich darauf hatten sie das Hindernis unversehrt passiert.

„Keine Angst, Tina. Im Suchflug fliegt Kartoffelbrei wie von alleine, da muss ich gar nichts machen. Er weicht allem aus, was ihm in den Weg kommt!“

Tina war erleichtert. „Braver Besen!“

Da ließ sich von unten Alex’ Stimme vernehmen: „Redet nicht so viel! Macht lieber die Augen auf! Irgendwo müssen die Pferdediebe doch sein.“

Bibi winkte ihm zu. „Kartoffelbrei findet die schon, Alex!“ Sie kannte doch ihren Wuschel.

„Na dann …“ Alex konzentrierte sich wieder auf den Weg vor sich. Kurz darauf waren sie beim Mühlenbach angelangt, und mit donnernden Hufen galoppierte Maharadscha über die hölzerne Brücke. Über ihm in der Luft verfolgte Bibis Besen immer noch unbeirrt sein Ziel.

„Wo die nur hin sind?“, fragte sich Tina.

„Wahrscheinlich in Richtung Baggersee“, vermutete Bibi. „Dort gibt es eine Menge guter Verstecke.“

„He! Seht mal da hinten!“, rief Alex auf einmal und deutete auf das Wäldchen vor ihnen. „Bei den hohen Bäumen!“

„Mensch, Bibi!“ Tina wurde ganz zappelig. „Das sind doch …“

„Na klar!“, nickte Bibi. „Das sind unsere Pferde!“

„Sabrina! Amadeus!“ Tina winkte nach unten. „Wir kommen!“

Geschickt lenkte Bibi ihren Besen tiefer, bis sie weich neben den Pferden landete. Gleich darauf war auch Alexander auf Maharadscha zur Stelle. Tatsächlich! Da standen Sabrina und Amadeus an Bäumen angebunden – friedlich grasend, als ob nichts geschehen wäre.

Erwischt!

Bibi und Tina waren überglücklich! Aber sie fragten sich, wo die Diebe waren. Warum stahlen sie Pferde und ließen sie dann einfach stehen? Genau das wollte Bibi herausfinden. Sie schützte die Pferde mit einem Sicherungshexspruch, dann schlichen die drei ins Gelände. Wenig später erreichten sie die Kiesgrube beim Baggersee. Vorsichtig und die Deckung von Büschen und Sträuchern ausnützend, gingen sie am Ufer des Sees entlang und sahen sich gründlich um.

„Ich verstehe das nicht", sagte Alex nach einer Weile. „Wo stecken die bloß?"

„Sie sind wie vom Erdboden verschluckt", stellte Tina enttäuscht fest.

Plötzlich legte Bibi den Finger an die Lippen und zeigte nach vorne. Halb verdeckt von Bäumen stand auf einer kleinen Lichtung ein alter Bauwagen. Die Tür war aufgebrochen und hing schief in den Angeln, das Gras davor war zertrampelt.

„Wetten, dass die beiden da drin sind?!“, fragte Alex.

„Los“, sagte Bibi. „Schleichen wir uns ran und sehen nach.“

Unbemerkt gelangten sie zu dem Bauwagen. Tina spähte durch das Fenster. „Du hast recht, Alex. Die Typen sind da drin. Ich kann sie sehen.“

„Verstehst du, was sie reden?“, raunte Bibi ihr zu.

„Ja“, wisperte Tina. „Kommt hierher zu mir.“

Sie hockten sich unter das geöffnete Fenster. So konnten sie jedes Wort hören, das im Inneren gesprochen wurde.

„Wieso willst du das Amulett denn hier verstecken?“, wollte Timo von seinem Kumpel wissen. „Das nehmen wir mit.“

„Nix da!“, entgegnete Jörg. „Wenn man uns erwischt, ist es futsch. In diesem ollen Bauwagen sucht niemand danach, und wir können es später holen.“

„Du meinst, wenn sich alles beruhigt hat.“

„Genau!“, sagte Jörg. „Dieser Wagen wird nicht mehr genutzt, und der Steinbruch ist stillgelegt. Also ein super Versteck.“

„Und was machen wir mit dem Geld vom Martinshof?“

„Das teilen wir jetzt, dann trennen wir uns“, entschied Jörg. „Einzeln haben wir bessere Chancen. Da fallen wir nicht so auf.“

„Okay“, pflichtete Timo ihm bei. „So machen wir es.“

Das Rascheln von Geldscheinen und das Klimpern von Münzen war zu hören, dann näherten sich schwere Schritte der Tür und Jörg und Timo kamen heraus.

„So“, sagte Jörg. „Jetzt zu den Gäulen und ab durch die Mitte.“

Da sprang Bibi auf und rief wütend: „Das könnt ihr vergessen!“

Timo zuckte zuerst erschrocken zurück, dann grinste er frech. „Ey! Nun sieh mal, Jörg, wer hier draußen lauert!“

„Die zwei Mäuschen und das Grafensöhnchen!“, spöttelte Jörg.

Timo lachte hämisch. „Wollt ihr uns etwa aufhalten?“

„Allerdings“, entgegnete Alex. „Diesmal kommt ihr nicht davon.“

Timo wandte sich an seinen Kumpel. „Hat der Kleine was gesagt, Jörg?“

„Hab nix gehört, Timo.“

„Na, dann hört jetzt mal gut zu“, sagte Tina kühl. „Vielleicht versteht ihr das besser ... Bibi, hexen!“

„Aber gerne.“ Bibi ließ sich nicht lange bitten und stellte sich sogleich in Hexpositur. *„Eene meene Hundgebell, gefesselt sind die beiden schnell! Hex-hex!“*

Funken sprühten, Sternchen blitzten und das „Hex-Plingpling“ ertönte. Wie von unsichtbarer Hand geführt, wickelten sich zwei kräftige Stricke um die beiden Gauner, die

gleich darauf sauber verschnürt waren und ihre Arme nicht nicht mehr bewegen konnten.

„He!“ Jörg blickte verwirrt an sich herab. „Ich bin mit einem Seil gefesselt!“

„Ich auch!“ Timo konnte es gar nicht begreifen. „Wie geht das denn?“

„Das war wieder Hexerei!“, rief Bibi triumphierend.

„Wie süß!“, feixte Tina. „Zwei Abholpakete für die Polizei!“

„Das könnt ihr nicht machen!“, protestierte Timo weinerlich.

„Aber doch!“, erwiderte Bibi.

„He! Das ist viel zu fest!“ Jörg zerrte wütend an seinen Fesseln. „Dumme Nuss!“

„Gemeinheit!“, knurrte Timo.

„Och, wirklich?“, fragte Tina mit gespieltem Bedauern. „Ts, ts, ts!“

„Tja …“ Alex betrachtete zufrieden Bibis Werk. „Mit Pferdedieben machen wir immer kurzen Prozess!“

Geburtstagsparty auf Schloss Falkenstein

Das war das Aus für die beiden Gauner. Bibi hexte noch das Geld von Frau Martin aus ihren Taschen und das Amulett aus dem Versteck im Bauwagen. Dann informierten sie die Polizei, wo die beiden Flüchtigen abgeholt werden konnten. Schließlich machten die drei sich zufrieden auf den Weg zum Martinshof – Bibi und Tina auf Amadeus und Sabrina, die sich sichtlich freuten, wieder ihre richtigen Besitzerinnen tragen zu dürfen.

Auf dem Hof wartete schon der Graf, Frau Martin hatte ihm bereits alles erzählt. Als Alex ihm erleichtert das „ausgeliehene" Amulett überreichte, hielt er es einen Augenblick in der Hand und betrachtete es versonnen.

„Ich frage mich, mein Sohn, ob an dieser Glücksbringerei vielleicht doch was dran ist“, sagte er.

Alex stutzte. „Wie bitte?“

„Na ja, zuerst hat Falkenauge gewonnen. Dann wurde ein Pferdediebstahl verhindert – nein, sogar zwei. Die Ausbrecher wurden geschnappt, und das gestohlene Geld und das Amulett sind wieder aufgetaucht.“

„Ja, Vater, das war wirklich Glück.“

„Auf jeden Fall für dich, mein Sohn. Wenn das Amulett nicht wieder da wäre, dann …“

Alex schaute zerknirscht. „Es tut mir leid, dass ich es so einfach mitgenommen habe.“

„Entschuldigung angenommen“, sagte Graf Falko leutselig. „Es war ja … nun ja … es war ja auch für einen guten Zweck.“

„Wie meinst du das, Falko?“, fragte Frau Martin neugierig.

„Ich finde, wenn man so viel Glück hat, sollte man anderen etwas davon abgeben.“

Tina wurde hellhörig. „Soll das etwa heißen, dass ich …“

„Nun, Tina, möchtest du immer noch eine Kopie des Amuletts für deine Muter machen?“

„Ja, klar!“ Tina war begeistert. „Die Überraschung ist zwar futsch, aber die Idee finde ich einfach gut.“

„Ja, ich ebenso“, meinte der Graf vergnügt. „Und wer weiß, vielleicht färbt das Glück ja ein wenig auf die Kopie ab.“

Frau Martin sah ihn erstaunt an. „Das sind ja ganz neue Töne, Falko!“

„Nun, wie auch immer – jetzt machen wir es so. Und dein Geburtstag wird im Schloss gefeiert, Susanne! Das ist eine Einladung.“ Der Graf räusperte sich. „Mein Geschenk sozusagen.“

Frau Martin freute sich. „Danke! Wie nett von dir!“

„Äh, Frau Martin“, meldete sich Alex zu Wort, „vielleicht könnten Sie trotz der Einladung eine Sache beisteuern …“

„Alex, du bist unmöglich!“ Tina musste lachen. „Ich ahne schon was.“

Wie aus einem Mund riefen Bibi, Tina und ihre Mutter: „Butterkuchen!“

„Aber natürlich!“, versprach Frau Martin lachend.

An Frau Martins Geburtstag saßen der Graf, Frau Martin, Bibi, Tina und Alex an einer festlichen Tafel im Speisezimmer des Schlosses. Graf Falko von Falkenstein hatte seiner alten Jugendfreundin einen köstlichen Brunch bereiten lassen, der alle Erwartungen übertraf. Auch das Geschenk der Kinder war äußerst gelungen: Die Kopie des Amuletts war von dem Original kaum zu unterscheiden.

„Wunderschön!“ Frau Martin betrachtete es ehrfurchtsvoll. „Du bist eine richtige kleine Künstlerin, Tina. Sogar blaue Sternchen hast du aufgeklebt!“

„Die habe ich im Bastelgeschäft von Rotenbrunn gefunden. Jetzt hast du auch einen Glücksbringer, Mutti.“

„Ich werde ihn in Ehren halten“, versprach Frau Martin.

„Das müssen Sie auch!“, sagte Bibi. „Glücksbringer muss man immer bei sich tragen, Frau Martin.“

„Auch im Pferdestall?“, wollte Tinas Mutter wissen.

„Auch dort!“, antwortete Bibi ernsthaft.

„Also gut. Danke, Kinder. Dann kann in Zukunft ja nichts mehr schiefgehen.“ Sie erhob ihr Glas. „Auf euch! Prosit!“

„Nein, Susanne“, entgegnete Graf Falko und nahm ebenfalls sein Glas zur Hand. „Auf dich!“

Alle prosteten Frau Martin zu und dann brachten sie ihr ein fröhliches Geburtstagsständchen: „Hoch soll sie leben! Hoch soll sie leben! Dreimal hoch! Hoch! Hoch! Hoch!“

Doch damit war das Geburtstagsfest noch lange nicht beendet, denn der Graf, Alex, Bibi und Tina saßen noch lange mit einer sehr glücklichen Susanne Martin zusammen im Schloss. Und so wurde dieser Tag zu einem der schönsten Geburtstage, die Frau Martin je erlebt hatte ...

Zwei zum Pferdestehlen

Bibi & Tina

von Theo Schwartz

Band 1	Das Fohlen vom Martinshof	ISBN 978-3-505-04731-2
Band 2	Amadeus ist krank	ISBN 978-3-505-04732-9
Band 3	Papi lernt reiten	ISBN 978-3-505-04879-1
Band 4	Das Zirkuspony	ISBN 978-3-505-04880-7
Band 5	Das Heiderennen	ISBN 978-3-505-04974-3
Band 6	Der Abschied	ISBN 978-3-505-04975-0
Band 7	Tina in Gefahr	ISBN 978-3-505-08092-0
Band 8	Der Hufschmied	ISBN 978-3-505-00009-6
Band 9	Der fliegende Sattel	ISBN 978-3-505-00010-2
Band 10	Das Zeltlager	ISBN 978-3-505-10007-9
Band 11	Papis Pony	ISBN 978-3-505-10130-4
Band 12	Der Liebesbrief	ISBN 978-3-505-10131-1
Band 13	Alle lieben Knuddel	ISBN 978-3-505-10312-4
Band 14	Der rote Hahn	ISBN 978-3-505-10313-1

Band 15 Das Herbstturnier	ISBN 978-3-505-10414-5
Band 16 Die Lipizzaner	ISBN 978-3-505-10749-8
Band 17 Der Pferdegeburtstag	ISBN 978-3-505-10852-5
Band 18 Die Tierärztin	ISBN 978-3-505-10988-1
Band 19 Das Gespensterpferd	ISBN 978-3-505-11135-8
Band 20 Die falsche Freundin	ISBN 978-3-505-11268-3
Band 21 Das Pferd in der Schule	ISBN 978-3-505-11400-7
Band 22 Der Pferdetausch	ISBN 978-3-505-11494-6
Band 23 Gefahr für Falkenstein	ISBN 978-3-505-11633-9
Band 24 Das Findel-Fohlen	ISBN 978-3-505-11634-6
Band 25 Der Glücksbringer	ISBN 978-3-505-11796-1
Band 26 Konkurrenz für Alex	ISBN 978-3-505-11928-6
Band 27 Der Pferdedieb	ISBN 978-3-505-12002-2
Band 28 Die Schnitzeljagdfalle	ISBN 978-3-505-12052-7
Band 29 Die wilde Meute	ISBN 978-3-505-12085-5
Band 30 Ein ungebetener Gast	ISBN 978-3-505-12132-6
Band 31 Die Pferdeprinzessin	ISBN 978-3-505-12166-1
Band 32 Besuch aus Spanien	ISBN 978-3-505-12245-3
Band 33 Freddy in der Klemme	ISBN 978-3-505-12270-5
Band 34 Der Verehrer	ISBN 978-3-505-12318-4
Band 35 Der verhexte Wanderritt	ISBN 978-3-505-12341-2
Band 36 Der verschwundene Pokal	ISBN 978-3-505-12436-5
Band 37 Die Überraschungsparty	ISBN 978-3-505-12459-4
Band 38 Das Amulett der Gräfin	ISBN 978-3-505-12565-2

Verhexter Lesespaß

BiBi BLOCKSBERG™

von Theo Schwartz

Band 1	Hexen gibt es doch	ISBN 978-3-505-11701-5
Band 2	Der Hexengeburtstag	ISBN 978-3-505-11702-2
Band 3	Der Wetterfrosch	ISBN 978-3-505-11703-9
Band 4	Bibi und das Dino-Ei	ISBN 978-3-505-11704-6
Band 5	Wo ist Kartoffelbrei?	ISBN 978-3-505-11705-3
Band 6	Bibi im Orient	ISBN 978-3-505-11706-0
Band 7	Die neue Schule	ISBN 978-3-505-11707-7
Band 8	Das Wettfliegen	ISBN 978-3-505-11708-4
Band 9	3 x schwarzer Kater	ISBN 978-3-505-11709-1
Band 10	Das feuerrote Nashorn	ISBN 978-3-505-11710-7
Band 11	Der Superhexspruch	ISBN 978-3-505-11711-4
Band 12	Bibi als Prinzessin	ISBN 978-3-505-11712-1

Band 13	Bibi und die Vampire	ISBN 978-3-505-11713-8
Band 14	Bibi und die Piraten	ISBN 978-3-505-11714-5
Band 15	Das gestohlene Hexenkraut	ISBN 978-3-505-11715-2
Band 16	Die Hexenschule	ISBN 978-3-505-11716-9
Band 17	Freitag, der 13.	ISBN 978-3-505-11729-9
Band 18	Die neue Lehrerin	ISBN 978-3-505-11795-4
Band 19	Schubia dreht durch	ISBN 978-3-505-11927-9
Band 20	Bibi im Hexeninternat	ISBN 978-3-505-12001-5
Band 21	Bibi verliebt sich	ISBN 978-3-505-12057-2
Band 22	Der Brieffreund	ISBN 978-3-505-12083-1
Band 23	Das Schmusekätzchen	ISBN 978-3-505-12131-9
Band 24	Mami in Not	ISBN 978-3-505-12165-4
Band 25	Hexspruch mit Folgen	ISBN 978-3-505-12244-6
Band 26	Die Klassenreise	ISBN 978-3-505-12269-9
Band 27	Das Hexenhoroskop	ISBN 978-3-505-12317-7
Band 28	Die Hundebabys	ISBN 978-3-505-12340-5
Band 29	Die vertauschte Hexenkugel	ISBN 978-3-505-12435-8
Band 30	Die Junghexenbande	ISBN 978-3-505-12458-7
Band 31	Maritas Geheimnis	ISBN 978-3-505-12567-6

www.schneiderbuch.de

EGMONT Schneider Buch
Verlagsgesellschaften

Magazin
jeden Monat neu!
Spannung im Comic
Pferdewissen
Super Extras!
Süße Poster
Fotos: Sebastian Duda/Fotolia.com, Helmut Rühl/Fotolia.com, Hans-Joachim Gross/Fotolia.com, Kseniya Abramova/Fotolia.com, Eric Isselée/Fotolia.com